PRIME PAGINE

Seconda ristampa, settembre 2002

ISBN 88-7927-296-9
© 1997, Altan / Quipos S.r.l.
© 1997, Edizioni EL, S. Dorligo della Valle (Trieste)

CONIGLIETTO TORNA A SCUOLA

Francesco Altan

EMME EDIZIONI

CONIGLIETTO
ESCE DI CASA.

HA IL MAGLIONE ROSSO E
LA CARTELLA GIALLA.

OGGI È IL PRIMO GIORNO
DI SCUOLA.

CONIGLIETTO CORRE
PERCHÉ È IN RITARDO.

INCIAMPA IN UN SASSO
E CADE.

LA CARTELLA
GLI SCAPPA DI MANO
E VOLA IN ARIA.

LA CARTELLA
CADE NEL FIUME.

L'ACQUA LA PORTA VIA.

CONIGLIETTO
CORRE SULLA RIVA.

È PIÚ VELOCE
DELLA CORRENTE.

DOPO UN PO'
ARRIVA AL PONTE
CHE ATTRAVERSA IL FIUME.

PRENDE LA CANNA
DA PESCA E ASPETTA
CHE PASSI LA CARTELLA.

CONIGLIETTO
GETTA L'AMO
E PESCA LA CARTELLA.

È MOLTO PESANTE
PERCHÉ SI È RIEMPITA
D'ACQUA.

CON UN PO' DI FATICA
LA TIRA SU.

SULLA PORTA DELLA SCUOLA
C'È LA MAESTRA MARISA.

HA IL VESTITO ROSA E
LE SCARPE BLU.

SUONA LA CAMPANELLA
E DICE:
«ENTRATE, RAGAZZI!»

CONIGLIETTO E I SUOI
COMPAGNI SI SIEDONO
NEI BANCHI.

LA MAESTRA MARISA DICE:
«APRITE LA CARTELLA E
PRENDETE LA MATITA».

DALLA CARTELLA
DI CONIGLIETTO ESCE
UN PESCIOLINO ROSSO.

LA MAESTRA CHIEDE:
«COS'È QUELLO?»

CONIGLIETTO RISPONDE:
«UN PESCIOLINO ROSSO».

LA MAESTRA METTE
IL PESCIOLINO IN UN VASO
PIENO D'ACQUA.

POI DICE:
«DOPO LA LEZIONE
LO RIPORTERAI AL FIUME,
CONIGLIETTO».

IL PESCIOLINO
GUARDA LA LAVAGNA.

LA MAESTRA SCRIVE
LE LETTERE DELL'ALFABETO
E I NUMERI.

POI DISEGNA UNA FARFALLA.

LA LEZIONE È FINITA.

CONIGLIETTO
RIPORTA IL PESCIOLINO
AL FIUME
E GLI CHIEDE:
«COME TI CHIAMI?»

«CARLETTO» DICE
IL PESCIOLINO.

CARLETTO SALUTA E DICE:
«LA LEZIONE
MI È PIACIUTA MOLTO,
MA LA COSA PIÚ BELLA
ERA LA FARFALLA GIALLA».

«HAI RAGIONE» RISPONDE
CONIGLIETTO.

...E ADESSO GIOCHIAMO

CHI PESCA LA CARTELLA?

QUAL È LA CARTELLA
DIVERSA DA TUTTE LE ALTRE?

AIUTA CONIGLIETTO
AD ARRIVARE A SCUOLA.

COLORA IL VESTITO NUOVO DELLA MAESTRA MARISA.

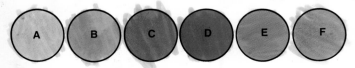

UNISCI IL NOME
ALLA FIGURA GIUSTA.

AMO

FOGLIA

FARFALLA

PONTE

CASA

FIORE

PESCE

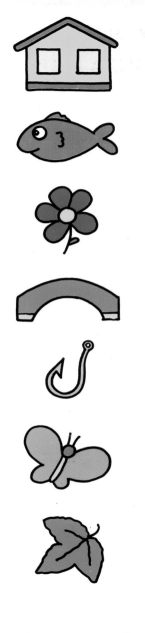

INSERISCI IN OGNI DADO IL NUMERO ESATTO DI PALLINI.

COLLANA PRIME PAGINE

Finito di stampare nel mese di agosto 2002
per conto delle Edizioni EL
presso Editoriale Lloyd S.r.l., S. Dorligo della Valle (TS)